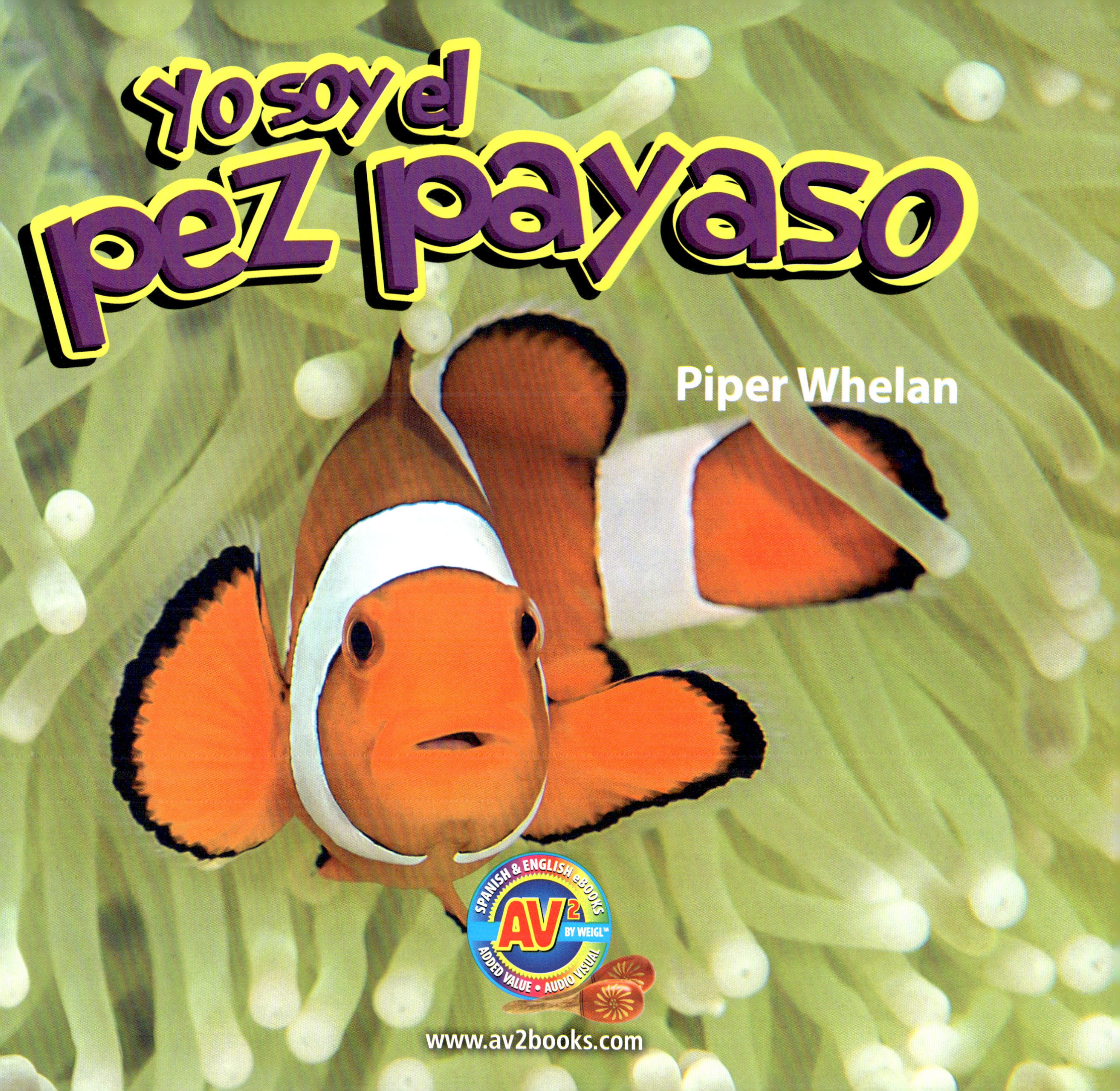

Yo soy el
pez payaso
Piper Whelan
SPANISH & ENGLISH eBOOKS
AV2
BY WEIGL
ADDED VALUE • AUDIO VISUAL
www.av2books.com

Visita nuestro sitio www.av2books.com e ingresa el código único del libro.
Go to www.av2books.com, and enter this book's unique code.

CÓDIGO DEL LIBRO
BOOK CODE

AVR24543

AV² de Weigl te ofrece enriquecidos libros electrónicos que favorecen el aprendizaje activo.
AV² by Weigl brings you media enhanced books that support active learning.

El enriquecido libro electrónico AV² te ofrece una experiencia bilingüe completa entre el inglés y el español para aprender el vocabulario de los dos idiomas.
This AV² media enhanced book gives you a fully bilingual experience between English and Spanish to learn the vocabulary of both languages.

Spanish

English

Navegación bilingüe AV²
AV² Bilingual Navigation

Yo soy el pez payaso

En este libro, aprenderás

- cómo soy
- dónde vivo
- qué como

¡y mucho más!

Yo soy el pez payaso.

Soy colorido y vistoso.

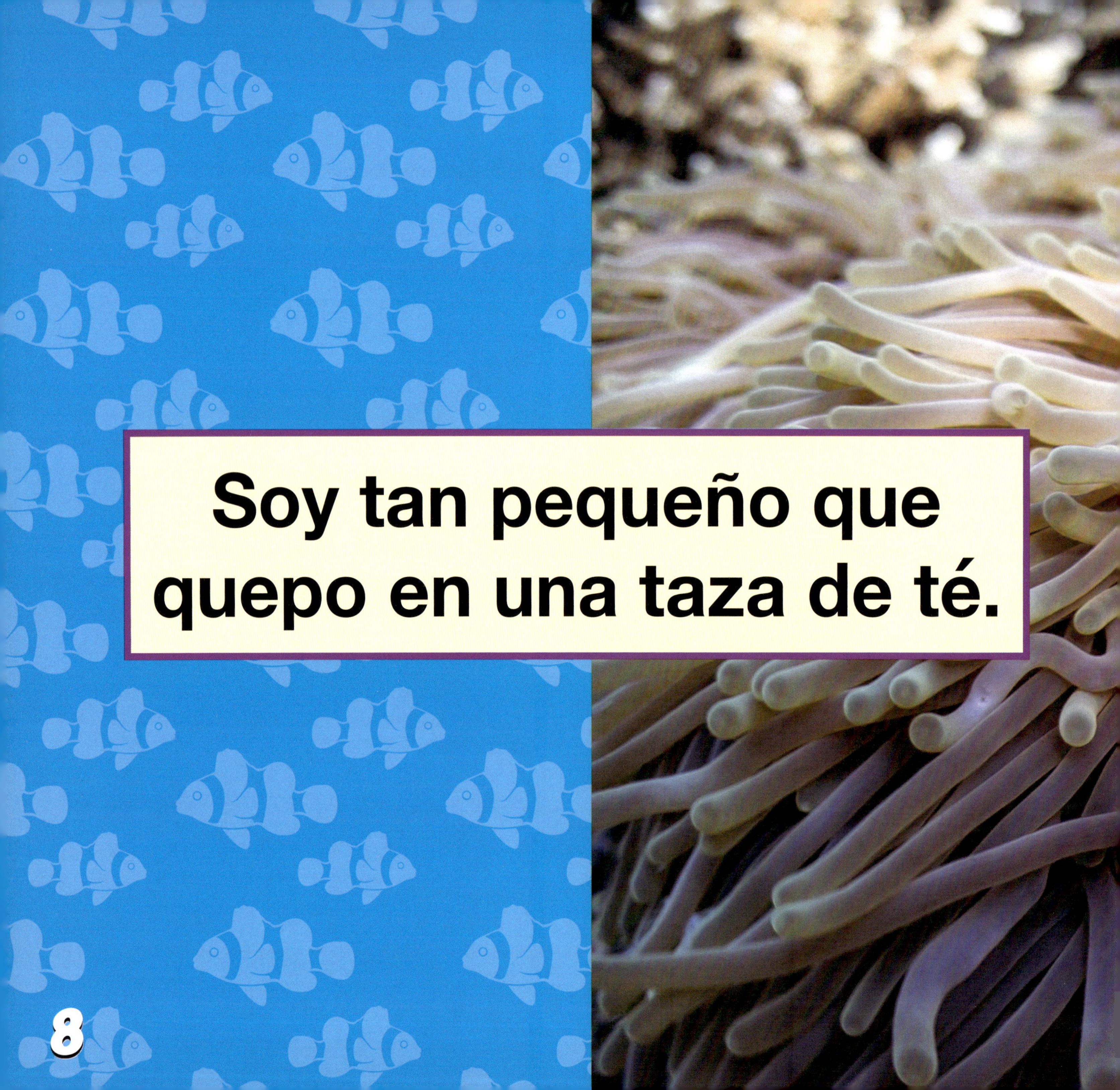

Soy tan pequeño que quepo en una taza de té.

Nací de un huevo.

Cuando nací,
era macho.

Mi mejor amigo me protege.

Como plantas y animales.

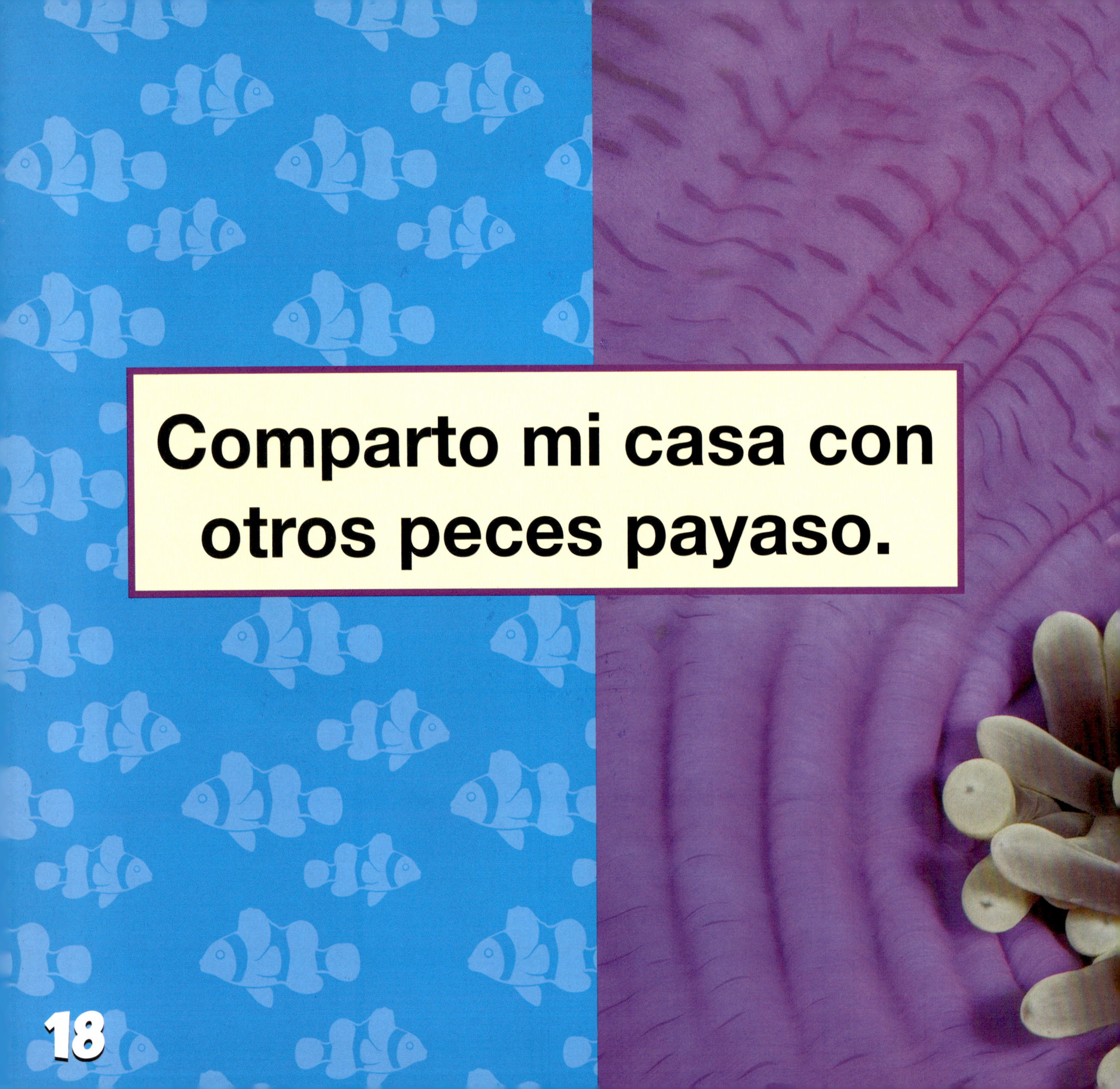

Comparto mi casa con otros peces payaso.

Vivo en un arrecife de coral.

Yo soy el pez payaso.

DATOS SOBRE EL PEZ PAYASO

Estas páginas ofrecen información detallada sobre los interesantes datos de este libro. Están dirigidas a los adultos, como soporte, para que ayuden a los jóvenes lectores a redondear sus conocimientos sobre cada sorprendente animal presentado en la serie *Yo soy*.

Páginas 4–5

Yo soy el pez payaso. Al pez payaso común se lo conoce también como el pez payaso de las anémonas. Hay 28 especies diferentes de peces de las anémonas. El pez payaso se llama así por sus brillantes colores, que parecen las pinturas que usan los payasos en la cara.

Páginas 6–7

El pez payaso es colorido y vistoso. Los peces payaso son famosos por su color anaranjado fuerte. Tienen tres franjas blancas alrededor de la cabeza y el cuerpo y unas delgadas franjas negras que separan las partes blancas de las anaranjadas. De pequeño, la piel del pez payaso es transparente.

Páginas 8–9

El pez payaso es tan pequeño que cabe en una taza de té. El pez payaso puede llegar a medir unas 4 pulgadas (10 centímetros) de largo. La mayoría de los peces payaso tienen 11 pequeñas columnas vertebrales en su aleta dorsal, que está en la parte superior del cuerpo. Esta característica los distingue de los demás peces de las anémonas.

Páginas 10–11

Los peces payaso nacen de huevos. El pez payaso hembra suele poner entre 100 y 1.000 huevos por vez. Los huevos eclosionan aproximadamente en una semana. Después de eclosionar, las crías son arrastradas por las corrientes oceánicas durante unos 10 días. Las que sobreviven continúan creciendo y su piel se torna anaranjada y blanca.

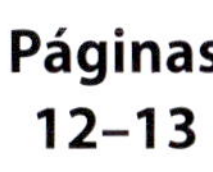

Páginas 12–13

Los peces payaso nacen machos. Los peces payaso machos tienen la capacidad de convertirse en hembras. El único pez payaso hembra y el macho más grande del cardumen forman la pareja reproductora. Si algo le ocurre a la hembra, el macho más grande cambia de género y se convierte en el nuevo líder del cardumen.

Páginas 14–15

El mejor amigo del pez payaso lo protege. El pez payaso vive en una anémona de mar, que es un animal marino blando con tentáculos. Los tentáculos de la anémona pican a los demás animales y así protegen al pez payaso de los depredadores. La piel del pez payaso está cubierta por una mucosidad que le permite tocar los tentáculos de la anémona sin lastimarse. El pez payaso come parásitos que viven en la anémona.

Páginas 16–17

El pez payaso come plantas y animales. Los peces payaso son omnívoros. Generalmente comen algas, crustáceos pequeños y zooplancton, pero también pueden comer las sobras del alimento de sus anémonas.

Páginas 18–19

El pez payaso comparte su casa con otros peces payaso. Un conjunto de peces se llama cardumen. Los peces payaso son sociables y viven en pequeños cardúmenes. En cada grupo hay una sola hembra, que es la líder. Generalmente, todos los peces payaso que forman el cardumen viven en la misma anémona.

Páginas 20–21

Los peces payaso viven en los arrecifes de coral. Se los pueden ver en las aguas cálidas y superficiales del océano. Viven en los arrecifes de coral del océano Pacífico e Índico, y también en el mar Rojo. Se calcula que entre el 15 y 30 por ciento de los arrecifes coralinos del mundo han sido destruidos por la contaminación y otros factores. Esto es una amenaza para el pez payaso y otras formas de vida acuática.

¡Visita www.av2books.com para disfrutar de tu libro interactivo de inglés y español!

Check out www.av2books.com for your interactive English and Spanish ebook!

1. **Entra en www.av2books.com**
   Go to www.av2books.com

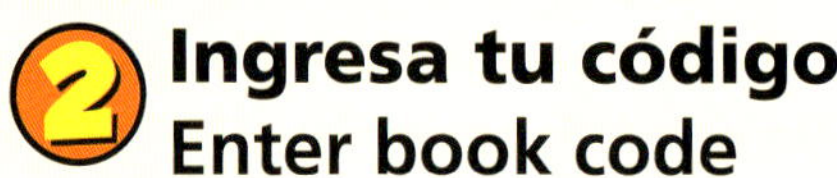

2. **Ingresa tu código**
   Enter book code

   AVR24543

3. **¡Alimenta tu imaginación en línea!**
   Fuel your imagination online!

www.av2books.com

Published by AV² by Weigl
350 5th Avenue, 59th Floor New York, NY 10118
Website: www.av2books.com

Library of Congress Control Number: 2018964731

ISBN 978-1-7911-0165-7 (hardcover)
ISBN 978-1-7911-0166-4 (multi-user eBook)

Printed in the United States of America in Brainerd, Minnesota
1 2 3 4 5 6 7 8 9 0 22 21 20 19 18

122018
111918

Project Coordinator: Jared Siemens
Art Director: Terry Paulhus
Spanish Project Coordinator: Sara Cucini
Spanish/English Translator: Translation Services USA

Weigl acknowledges Getty Images, Alamy, and Minden as the primary image suppliers for this title.